GEORGES THIBOUT

Le Bonheur

PARIS

ALPHONSE LEMERRE, ÉDITEUR

23-31, PASSAGE CHOISEUL, 23-31

—

M DCCC XCIX

Le Bonheur

GEORGES THIBOUT

Le Bonheur

PARIS

ALPHONSE LEMERRE, ÉDITEUR

23-31, PASSAGE CHOISEUL, 23-31

M DCCC XCIX

Dédié à Monsieur

ALBERT THIBOUT

PRÉFACE

Mon cher Père.

En écrivant ces quelques pages sur le Bonheur, je n'ai pas eu la prétention de composer un travail complet. Le bonheur est une chose si vaste, il provient de sources si diverses, et il est entendu d'une façon si différente par les différents individus, qu'il est impossible en si peu de mots de toucher à toutes les questions que ce sujet soulève. J'ai simplement voulu, pour employer les quelques heures de loisir que me laissait la chasse, exprimer quelques idées sur ce sujet, dont tant de gens se font une conception si fausse. Ces idées, je l'espère, recevront ton approbation; et je m'estimerai suffisamment récompensé, si ton opinion vient corroborer les théories que j'ai émises. Mais ce que je te demande surtout, c'est beaucoup d'indulgence pour mon style, qui est celui de quelqu'un, qui est plus habile à se servir d'un fusil que d'une plume.

G. T.

Le Bonheur

Dans sa vie éphémère, semée de périls et d'écueils, l'homme ne parvient que très difficilement à atteindre le bonheur qu'il convoite et qui fuit constamment devant lui. Assailli de tous côtés par les plaisirs du monde, emporté malgré lui dans le tourbillon des passions qui l'entraîne, ou bien il lutte avec énergie contre tous ces dangers, et il remporte la victoire; ou bien il se laisse glisser sans résistance sur la pente fatale qui avec une rapidité vertigineuse le précipite dans l'abîme; et alors, tout espoir de bonheur s'envole définitivement pour lui. Il est bien certain que ce bonheur, que l'homme poursuit avec tant d'ardeur, n'est pas le bonheur physique. Épicure considérait comme le plus grand bien le repos absolu, après avoir mangé et bu, après que les appétits matériels étaient satisfaits. D'après lui, ce seul fait de n'avoir plus besoin de rien, et d'être en repos, constituait la béatitude. Singulière béatitude, en vérité,

que celle qui consiste à ne rien faire !
Étrange bonheur que de n'avoir plus
faim ni soif ! De telles jouissances
sont ressenties par les animaux au
même degré que par l'homme ; ce
sont même les seules qu'ils puissent
éprouver ; et si l'homme s'en tenait
à elles, il justifierait bien mal la position supérieure au reste de l'univers
que Dieu lui a accordée au moment
de sa création. Pour ne pas sortir de
cette ornière, pour rester à ce niveau
inférieur, il faudrait qu'il ne mît en
jeu aucune des facultés de son âme ;
il faudrait qu'il ne fît usage de rien
de ce que Dieu a mis à sa disposition.
En agissant ainsi, au mépris de la
parole divine, il connaîtrait bien un

bonheur exclusivement physique, essentiellement passager ; il ne connaîtrait pas le véritable bonheur, durable, celui-là, que peut lui fournir son âme, qu'il peut conquérir grâce à sa volonté, à son intelligence, à sa sensibilité.

Il peut sembler au premier abord paradoxal de dire que la volonté engendre le bonheur. Vouloir, en effet, c'est faire un effort ; effort physique, effort intellectuel, effort moral, peu importe ! C'est contrarier la nature, c'est contraindre les impulsions qui nous sont données par elle ; c'est nous maîtriser lorsque nous désirerions agir, ou au contraire, c'est nous pousser en avant, lorsque l'abstention nous semblerait plus agréable. Et Schopenhauer, décrivant le monde comme une volonté, a été amené à élaborer sa théorie pessimiste, à nous montrer le monde souffrant sans cesse, par suite des efforts qu'il accomplit. Mais, si la volonté en elle-même, si l'effort en soi ne sont pas générateurs de bonheur, ne nous aident-ils pas à le conquérir? Est-ce que l'homme, une fois son désir réalisé à force de volonté, une fois l'effort accompli, n'est pas heureux? Certes, autant il serait faux de croire que volonté et bonheur se confondent, autant il est exact de dire que sans volonté, sans effort, il n'y aurait pas de bonheur.

On ne peut trouver de meilleur exemple de l'effort engendrant le bonheur que dans ce besoin d'activité inné chez tous les hommes. Chacun de nous a besoin de se dépenser, de répandre son activité au dehors et cela justifie ce principe de philosophie : on ne peut trouver de plaisir à ne rien faire. « Le précieux farniente, dit Rousseau, fut la première et principale des jouissances que je voulus savourer dans ma douleur, et tout ce que je fis, durant mon séjour, ne fut en effet que l'occupation délicieuse et nécessaire d'un homme qui fut dévoué à l'oisiveté. Ne voulant plus d'œuvre de travail, il m'en fallait une d'amusement qui me plût et ne me donnât de peines que celles qu'aime à prendre un paresseux. »

« Rien, dit Pascal, n'est plus insupportable à l'homme que d'être dans un plein repos, sans passions, sans affaires, sans divertissements, sans occupations. Quand un soldat ou un laboureur se plaignent de la peine qu'ils ont, qu'on les mette à ne rien faire : ils s'apercevront bien vite que l'oisiveté ne fait pas le bonheur et que le temps où ils étaient vraiment heureux était celui où ils ne pensaient pas à l'être. »

Et l'on pourrait citer bien d'autres opinions d'auteurs, entre autres Sénèque, La Bruyère et Vauvenargues, confirmant la même théorie. Tous ceux qui travaillent parcourent le chemin de l'existence, cueillant des fleurs le long de leur route, sans s'en apercevoir ; et ce n'est qu'arrivés au bout qu'ils regardent en arrière et qu'ils voient le bonheur laissé derrière eux ; beaucoup même, obligés de supporter l'oisiveté après une vie de labeur, traversent une crise dont quelquefois ils ne se relèvent pas. Tous les hommes ont compris. cette vérité évidente et ceux qui ne sont pas obligés de travailler se créent des occupations. Le plus remarquable exemple nous est fourni par les moines du moyen âge. Heureux de vivre tranquilles dans leurs monastères durant ces siècles troublés, les moines n'allaient-ils pas s'isoler dans leurs riantes vallées où coulaient de délicieux ruisseaux? Ne préféreraient-ils pas la vie mystique et passive à la vie réelle et active? Il apparut alors que les disciples de saint Benoist n'avaient pas oublié la parole du maître. Apôtres, ils iront et enseigneront toutes les nations ; avant-garde de l'église, lancée pour défricher l'Europe, ils s'adresseront à la fois aux seigneurs et aux serfs ; aux pauvres, aux humbles, au peuple des campagnes, ils apporteront les premiers éléments de l'instruction et de l'éducation ; aux puissants, ils inculqueront le respect de la justice, la crainte des lois divines, et sauront à certains moments lutter contre leur tyrannie. Voilà manifesté aussi clairement que possible ce besoin d'activité qui dévore tous les hommes. Ceux qui ont du travail sont heureux, bien que quelquefois ils ne le comprennent pas ; ceux qui n'en ont pas doivent s'en créer ; et nous avions bien raison de dire : « Sans travail, sans effort, pas de bonheur ! »

Mais si le travail est nécessaire pour engendrer le bonheur, il faut bien admettre que ce qui constitue ce bonheur, c'est surtout la satisfaction de la victoire, remportée grâce à ce travail. Voyez l'enfant courbé sur ses livres de classe : il apprend en maugréant une fable qu'il ne peut retenir ; il fait une addition qu'il recommence dix fois sans pouvoir tomber juste : il ne se trouve pas heureux et aimerait mieux laisser là ses livres et ses calculs et aller courir dans les prairies. Le lycéen, plongé dans un texte latin qu'il ne peut comprendre ou dans un problème d'algèbre dont il ne trouve pas la solution, préférerait à ces travaux les promenades à cheval ou à bicyclette. L'ouvrier enfermé toute la journée au milieu du bruit des machines et dans une atmosphère viciée, n'est pas content de son sort et ne demanderait pas mieux que d'aller s'installer dans une coquette villa sur les bords de la Seine. L'explorateur perdu au milieu des glaces polaires, souffrant de la faim, exposé au froid, aux bêtes féroces, regrette peut-être de s'être engagé dans ces parages ; et lorsqu'il jette un regard sur son existence passée, il voudrait sans doute être dans sa famille au milieu de toutes les douceurs. Le chrétien, qui lutte sans cesse contre toutes les tentations pour observer les commandements de son Dieu, trouve parfois la vie bien pénible. Bossuet a parlé de tout ce qui fermente chez un jeune homme. Au moment de l'adolescence, au moment où il s'agit de prendre une direction dans la vie, nos puissances mentales sont modifiées dans leur équilibre. C'est alors que l'imagination ouvre ses ailes, c'est alors que viennent les passions des sens ; c'est alors aussi qu'il faut être toujours sur ses gardes pour repousser les attaques qui viennent de toutes parts, pour gagner la bataille qui vous est livrée. Et le chrétien lui-même éprouverait peut-être un plaisir momentané à se laisser aller aux passions qui l'assaillent. Mais tous ces ennuis, tous ces désagréments sont plus que compensés par le bonheur que l'on éprouve quand on sort victorieux de la lutte. C'est l'écolier qui, à la fin de l'année, couronné et chargé de prix, vient se jeter tout joyeux dans les bras de ses parents ; c'est le lycéen qui leur présente le diplôme annon-

çant le succès aux examens; c'est
l'ouvrier qui, à la fin de la semaine,
apporte à sa femme et à ses enfants le
pain dont ils ont besoin; c'est l'explorateur qui, fier de ses découvertes,
rentre dans son pays au milieu des
acclamations de ses contemporains;
c'est le chrétien enfin qui est heureux
d'avoir remporté la victoire, d'avoir
respecté les volontés de Dieu et d'a-
voir mérité ainsi un bonheur éternel; car, quoi qu'on en dise, pour le
chrétien comme pour les autres, ce
n'est pas la lutte qui est agréable; il
est évident que cet état de lutte, que
cet état de guerre n'est pas un idéal;
la guerre doit trouver dans la paix
son achèvement : la vie où la raison

domine, celle où l'amour céleste a vaincu l'amour terrestre, celle-là seule reste un idéal pour les modernes comme pour les anciens.

Mais, si le bonheur, en ce qui regarde la volonté, consiste presque toujours dans la satisfaction de la victoire remportée, il est des cas cependant où, bien qu'on ne soit pas sorti victorieux de la lutte, bien qu'on n'ait pas marché dans la voie de la vérité, on a droit au bonheur, à la tranquillité, à la paix : ce sont les cas de bonne volonté. La bonne volonté, c'est se proposer quelque chose de bien, en employant pour y arriver des moyens que l'on croit bons ; c'est faire tous ses efforts pour atteindre un but, alors même que le succès ne couronne pas ces efforts. L'écolier ne parvient pas toujours à avoir des prix, le lycéen ne réussit pas toujours aux examens. Qu'importe ? S'ils ont travaillé, ils n'ont pas de reproches à se faire. L'ouvrier qui, malgré son assiduité au travail, malgré sa conduite exemplaire, n'arrive pas à nourrir une famille trop nombreuse, ne saurait mériter le blâme des hommes, ne saurait tomber sous le coup de la justice divine. Les partisans d'une religion fausse, en suivant les règles de cette religion, en accomplissant les devoirs qu'elle leur prescrit, font preuve de bonne volonté. Les païens eux-mêmes, en adorant le soleil ou

la lune, montrent de la bonne volonté dont Dieu leur tiendra compte
dans sa justice suprême. C'est cette
vérité que l'on trouve exprimée dans
le premier verset du cantique im-
mortel qu'entonnaient les douces
voix des Anges à Bethléem au-dessus
du berceau du Sauveur : « Gloire à
Dieu au plus haut des cieux, et paix
sur la terre aux hommes de bonne
volonté : *Pax hominibus bonæ volun-
tatis.* »

Après avoir recherché la part qui
revient à la volonté dans le bonheur,
nous devons maintenant nous occuper d'une autre faculté de notre âme,
l'intelligence, et nous demander si
elle peut engendrer le bonheur et à

quelles conditions. Il faut d'abord
faire pour l'intelligence les mêmes
réserves que pour la volonté. La volonté, avons-nous dit, est impuis-
sante lorsqu'elle agit, à faire naître
le bonheur; ce dernier ne vient que
lorsque son action a cessé; il en est
de même pour l'intelligence. L'intelligence n'est pas le bonheur; au
point de vue du bonheur, elle n'est
pas une fin, elle n'est qu'un moyen.
Lorsqu'on se sert de son intelligence,
on peut évidemment ressentir du
plaisir; le plaisir, en effet, est le passage d'une perfection moindre à une
perfection plus grande; or le bonheur ne consiste pas dans un passage,
mais dans un état. Quand nous fai-

sons usage de notre intelligence,
nous nous perfectionnons, nous nous
instruisons de jour en jour; le bonheur ne consiste pas dans ces perfec-
tionnements; le bonheur est stable;
ce n'est qu'après une période d'é-
tudes, où nous sommes arrivés à un
niveau supérieur, que nous nous ar-
rêtons un moment et que nous
sommes heureux. Nous ne voulons
pas dire qu'il faille s'en tenir là: il
faut au contraire, après cet instant
de repos, se remettre à la tâche avec
plus d'ardeur, pour arriver à une
nouvelle étape, où le bonheur que
nous éprouverons sera encore plus
grand. Voilà comment, au point de
vue de l'intelligence, se manifeste le

bonheur; non pas d'une façon continue, mais à certaines époques de
la vie, où nous faisons une pause
comme pour respirer et pour prendre
un nouvel élan qui nous emportera
vers des sphères plus élevées.

Mais si l'intelligence ne peut procurer le bonheur par son action, il est
un cas où le fait même de se sentir
intelligent rend l'homme heureux.
A partir du jour où il est en état de
comprendre et de raisonner, il existe
pour lui une source de bonheur, des-
tinée à durer aussi longtemps que lui
et qui réside dans sa supériorité sur
tout ce qui l'entoure. Cette intelligence que Dieu lui a donnée le met
au-dessus de l'univers; et lorsqu'il y

réfléchit, il est heureux, il est fier de la position favorisée qui lui a été accordée. Certes, à première vue, rien ne met l'homme au-dessus du monde extérieur : ce n'est pas sa force, bien moindre en général que celle des animaux ; ce n'est pas son corps plus gracieux que celui des autres êtres ; ce n'est pas l'exemption de maladies ; ce n'est même pas ce fait de ne pas marcher à quatre pattes et d'aller toujours la tête haute : ce ne serait guère un signe de supériorité. Non ! toute la dignité de l'homme est dans la pensée. Que l'on cherche à établir une comparaison entre l'intelligence de l'homme et tout ce qui est autour d'elle, et l'on verra que rien, ni de près ni de loin, ne peut la supporter. La question ne se pose même pas pour la matière inerte, pas même pour les végétaux qui n'ont que la vie ralentie. Restent donc en présence l'intelligence d'une part et l'instinct des animaux d'autre part. L'instinct est spécial : il ne s'applique qu'à une besogne déterminée : « L'abeille est admirable, dit Voltaire, mais c'est dans sa ruche, en dehors ce n'est qu'une mouche. » L'instinct est aveugle et l'on cite le cas de l'abeille de qui l'on avait débouché la cellule, et qui a continué à y apporter du miel et a fini par pondre dans la cellule vide, sans s'apercevoir qu'elle était percée. L'instinct est réparti d'une façon égale entre tous les animaux d'une même espèce : il est le même pour tous, Enfin l'instinct est invariable : les abeilles font toujours le miel de la même façon ; les castors construisent toujours les mêmes demeures. Si on met en parallèle l'intelligence, on voit immédiatement que c'est un abîme qui la sépare de l'instinct. L'intelligence est universelle, elle s'étend à tout et pas seulement à une branche spéciale. L'intelligence est éclairée et elle ne continue pas un travail inutile. L'intelligence est inégalement répartie entre les hommes ; et cela même est une marque de supériorité, car cela prouve que ce n'est pas uniquement la nature qui agit en elle. L'intelligence enfin est capable de progrès; de jour en jour on atteint des degrés supérieurs; on fait des découvertes merveilleuses et ce fait seul suffirait pour que la comparaison fût impossible entre ces deux manifestations extérieures de l'activité de l'homme et de l'animal. C'est surtout en face des grands spectacles de la nature que l'homme ressent à la fois son impuissance et sa supériorité. Devant des montagnes neigeuses couronnées de nuages; devant les flots déchaînés de l'océan, devant une nuit étoilée, devant les sourds grondements du tonnerre, l'homme a conscience de sa petitesse, mais en même temps de sa grandeur et c'est alors qu'il se retire en lui-même et qu'il éprouve du bonheur, de la fierté à se dire : « Moi seul, je puis penser! » — « L'homme est un roseau, dit Pascal, mais c'est un roseau pensant, et quand l'univers écraserait l'homme sous sa masse, l'homme lui serait encore supérieur, car l'homme saurait que l'univers l'écrase, tandis que l'univers ne saurait pas ce qu'il fait. »

Mais en parlant ainsi, nous nous mettons en contradiction avec une doctrine qui a eu un grand retentissement dans la science et qui mérite en effet que l'on s'occupe d'elle : je veux parler du transformisme. Con-

cue par Lamark et Geoffroy Saint-
Hilaire, elle a été reprise par Darwin
qui l'a faite sienne par la force avec
laquelle il l'a exposée. D'après cette
théorie, les espèces n'existeraient
pas ; les êtres sortiraient les uns des
autres ; les animaux supérieurs et
l'homme lui-même descendraient d'ê-
tres inférieurs qui se sont transformés
pendant des milliers de siècles. Et
pour expliquer cette transformation,
Darwin évoque la lutte pour la vie.
Chaque animal aurait employé tous
les moyens possibles pous échapper
à ses ennemis : c'est sous cette im-
pulsion que les reptiles, trouvant
leur vie trop en danger sur terre seraient arrivés à avoir des ailes et à

devenir oiseaux, pour chercher dans les airs la sécurité. Puis, c'est la sélection sexuelle qui ferait que seuls les animaux les mieux doués, les plus beaux, les plus forts reproduiraient et transmettraient à leurs descendants cette grâce, cette force qui iraient toujours en s'accentuant et qui finiraient, après un laps de temps plus ou moins long à donner une espèce nouvelle. Nous sommes bien loin de ce que nous disions tout à l'heure, lorsque nous représentions l'homme comme supérieur à tous les autres êtres et l'ayant toujours été depuis sa création. Certes, sa fierté, son bonheur seraient anéantis si vraiment il n'était qu'un anneau de cette chaîne des êtres qui progresse sans cesse, s'il y avait un animal immédiatement inférieur à lui et qu'il dût lui-même engendrer un être qui lui soit supérieur. Le bonheur dont nous parlions précédemment et qui consiste pour lui à se sentir au-dessus de l'univers, n'existerait plus ! Mais fort heureusement pour l'homme, cette théorie soulève de graves objections. D'abord, si nous voulons comparer l'homme aux animaux, nous voyons comme nous l'avons déjà dit, d'une part une intelligence progressiste et d'autre part un instinct invariable : il serait absurde de chercher à faire découler l'un de l'autre. Laissons donc pour le moment l'homme de côté et n'envisageons que les ani- maux. Les partisans de la théorie transformiste nous parlent de reptiles volants, et, disent-ils, c'est le passage des reptiles aux oiseaux. Nous ferons d'abord remarquer que ce reptile volant n'a pas de plumes, et qu'il a une bouche garnie de dents : ce n'est donc pas un oiseau ; de plus, on nous montre bien un reptile de cette sorte, mais on ne nous en montre qu'un ; s'il y avait vraiment une transition, on devrait retrouver toute la série des squelettes, tous les anneaux de la chaîne qui ont servi au passage ; or, on n'a qu'un animal de cette espèce, sans que rien indique que ce même animal soit

devenu oiseau ; il n'y a donc pas là
un argument décisif. Les adeptes de
la même théorie ont un autre argument : on retrouve, disent-ils, dans
les couches supérieures de la terre,
dans les terrains tertiaires par exemple, des espèces d'animaux que l'on
ne trouve pas dans les terrains pri-
maires ou secondaires. Nous croyons
qu'il est assez facile de répondre que,
comme ce sont les animaux inférieurs
qui ont disparu, les injures du temps
ont très bien pu suffire à faire dispa-
raître ces animaux moins solidement
constitués que les autres. En revan-
che, on peut opposer des objections
très graves. On ne nous dit pas quel
est le premier être. Si loin que l'on

remonte dans le passé, il faut toujours arriver à cet être primordial, à ce germe d'une incroyable fécondité qui aurait contenu en lui tout le développement de la vie future. Réduisons-le à sa plus simple expression et supposons qu'il n'était qu'une masse de protoplasma; il fallait encore que ce protoplasma eût la vie; or, d'après les découvertes de Pasteur, il faut absolument rejeter la doctrine des générations spontanées : ou ce protoplasma ne pouvait être secrété que par un être vivant; ou il a fallu qu'il fût créé par un créateur qui, lui, avait la vie de toute éternité. On peut objecter ensuite que les croisements entre animaux

ne réussissent pas : ou bien les animaux que l'on en obtient ne reproduisent pas, ou, s'ils reproduisent,
ils reviennent au type primitif. Quant
aux animaux dont parle Darwin, qui
transmettent à leurs descendants
leurs qualités de grâce et de force,
cela peut être vrai : « Au moment de
la reproduction, dit-il, les merles
qui reproduiront seront ceux qui au-
ront le bec le plus jaune, les plumes
les plus noires. » Cela est exact;
mais qu'adviendra-t-il? Les jeunes
qui en descendront pourront être
encore plus beaux que leurs parents,
mais ce seront toujours des merles;
et pour ma part, je ne vois pas quel
est l'oiseau immédiatement supé-

rieur au merle, quel est l'oiseau que celui-ci, en se transformant, pourrait engendrer. D'ailleurs, depuis le temps que l'on connaît les êtres, on aurait dû, si vraiment ils se transformaient, observer un changement, si petit qu'il soit; au contraire on a toujours remarqué la plus complète invariabilité; et les abeilles que nous décrit Aristote sont absolument semblables aux abeilles que nous connaissons! Un autre argument contre le transformisme est le suivant : si je me place avant le déluge, tandis que j'aperçois au loin des mammouths et des mastodontes, tandis que je vois passer devant moi des ichthyosaures et des plésiosaures gigantesques; tandis que j'entends les ptérodactyles se chassant dans les airs, je suis étonné de remarquer que les animaux dont on prétend faire descendre les animaux actuels sont plus gros, sont plus forts que les êtres qui existent maintenant sur la terre; cette prétendue loi du progrès, exposée par Darwin, n'aurait pas fait son œuvre; ces animaux, s'ils se sont transformés, n'ont produit que des êtres plus petits, plus faibles qu'eux. Et si ces espèces ont disparu, il a fallu que l'évolution recommence dans un autre sens et nous tombons alors dans les hypothèses gratuites. Nous croyons qu'en voilà assez pour démontrer la faus-

sclé de cette théorie transformiste.
Séduisante au premier abord, elle
est loin d'être rigoureuse dans ses
déductions, et c'est pourquoi Cuvier
avec tout son génie ne l'a jamais ad-
mise. Nous pouvons donc conclure
que les espèces sont immuables, que
l'homme est bien supérieur à tous
les êtres, qu'il l'a toujours été et
qu'il y a pour lui à se sentir au-dessus de l'univers une véritable source
de bonheur.

Maintenant que nous avons mon-
tré le bonheur que tous les hommes
peuvent retirer de leur intelligence;
qui leur prouve d'une façon éclatante leur supériorité sur le monde,
il nous faut envisager le bonheur

que certains hommes peuvent ac-
quérir grâce à la supériorité de leur
intelligence sur celle des autres. Les
savants, par les qualités remar-
quables dont ils sont doués, font
des découvertes qui profitent à l'humanité tout entière. Pour atteindre
ce but, ils sont obligés de mettre en
jeu toutes leurs aptitudes ; de se sou-
mettre quelquefois à des épreuves
bien rudes avant de parvenir au succès d'où jaillira toute leur gloire. On
ne se figure pas par quelles angoisses
a dû passer le savant avant de réussir dans ses expériences. Que de
nuits il a passées, penché sur ses
cornues, l'œil aux aguets pour dé-
couvrir la plus petite modification

dans ses préparations! Que de fois, avec le microscope, il a observé la même chose! Et lorsqu'il croit avoir trouvé, lorsqu'il pense avoir découvert les secrets de la nature, lorsque, vainqueur, il s'apprête à lancer sa découverte à travers le monde, pour être plus sûr encore, il veut refaire une nouvelle expérience qui doit confirmer la première : et il s'aperçoit que le résultat vient réduire à néant toutes ses espérances. Le voilà aussi peu avancé qu'auparavant, obligé de tout recommencer; mais il ne se décourage pas; il se remet au travail, et finalement, certain de ce qu'il avance, après avoir épuisé toute la série d'expériences qui pourraient invalider les précédentes, il sort de son laboratoire, et sa découverte se répand comme une traînée de poudre. Certes, dans les découvertes, il faut faire la plus grande part à l'intelligence, mais il faut faire une part aussi au hasard et à l'imagination : bien des fois, le hasard a mis des savants en présence d'un fait nouveau, qu'ils ont observé, qu'ils ont étudié, qui leur a donné l'idée de faire des expériences et qui les a amenés à une admirable découverte. Dans d'autres cas, c'est l'imagination qui a joué le plus grand rôle : lorsqu'on est arrivé à assimiler le phénomène de la rouille à une combustion, ça n'a été que

par un bond prodigieux de l'imagination. Quoiqu'il en soit, la découverte est une cause de bonheur pour
le savant. Lorsqu'il a réussi, il ou-
blie ses ennuis, ses tourments. Son
nom passe de bouche en bouche;
bientôt il sera connu dans le monde
entier, et ses contemporains n'au-
ront que des remerciements et des
louanges à adresser à celui qui a
été pour eux un bienfaiteur : soit
qu'il ait amélioré ce qui existait
déjà, soit qu'il ait protégé l'humanité contre un fléau jusqu'alors invincible. Cet homme sera heureux
de sa découverte en elle-même; il
sera heureux d'avoir triomphé des
obstacles qui se dressaient sans cesse

devant lui; il sera heureux surtout d'avoir rendu service à ses semblables, d'avoir été un bienfaiteur de l'humanité.

Le chrétien trouve dans son intelligence une autre source de bonheur; il comprend mieux les vérités révélées par Dieu et peut mettre en parallèle les données de la foi avec celles de la raison. Une âme simple ne voit que les mots dans les admirables discours de Jésus-Christ et dans ses paraboles; mais la profondeur de l'enseignement, la pureté de la morale, l'ampleur des idées qui y sont exprimées leur restent complètement étrangères. Quel bonheur, au contraire, de pouvoir saisir

tout ce qui y est renfermé : on voit
clairement que jamais une philosophie plus élevée n'a été enseignée
sur la terre; on retire de ces doc-
trines évangéliques un profit, une
hauteur de vues que l'on n'acquiert
nulle part ailleurs; on y trouve la
seule ligne de conduite qui soit
bonne à suivre. L'intelligence per-
met aussi d'envisager la religion ca-
tholique avec toute l'ampleur dési-
rable, ampleur qui malheureusement
manque à beaucoup de personnes;
l'intelligence, en un mot, nous met
en garde contre l'étroitesse d'esprit.
Que de gens dans la religion ne
voient que le prêtre et vont même
chercher les petits défauts de sa vie

privée pour les retourner ensuite contre le culte! Combien de personnes s'imaginent que, parce qu'un prêtre est avare, le clergé tout entier possède ce défaut! Les uns critiquent la défense faite aux prêtres de se marier et font de cela une question de dogme; ils blâment les pompes de l'Église, ou la langue latine dans laquelle se disent les offices; d'autres croient que pour être sauvé il faut faire des choses extraordinaires, qu'il faut, par exemple, s'enfermer toute sa vie dans un couvent, sans rendre aucun service à la société! Toutes ces erreurs proviennent soit d'un manque de connaissance de la religion, soit d'inintelligence. Quand

bien même quelques détails seraient
à critiquer, ils ne portent pas atteinte
au fond même de, la religion ; en
tout, il faut envisager les grandes
idées, voir les choses d'ensemble ;
nous y arrivons par notre intelligence : et c'est un bonheur pour
nous que de pouvoir nous dégager
de toutes ces petitesses qui contri-
buent parfois à égarer l'opinion de
bien des gens. Un autre avantage
qui nous est fourni par notre intelligence est de nous permettre de
comparer les magnifiques cantiques
chantés par notre foi, avec ceux non
moins beaux chantés par notre raison. Certes, la foi est une chose
splendide et on ne peut pas trop ad-

mirer la foi du petit enfant ou la foi
du paysan, foi simple, naïve, propre
à toucher les cœurs les plus endur-
cis. Mais il est très agréable pour le
chrétien de voir les données de sa
foi confirmées en tous points par sa
raison. Éclairé qu'il est par le flam-
beau de la foi, s'il fait usage de sa
raison, une lumière plus éclatante encore, semblable à celle qui terrassait
saint Paul sur le chemin de Damas,
vient inonder son esprit d'une clarté
nouvelle : les actions de la foi et de
la raison se sont corroborées; et
cette comparaison l'a rendu plus solidement trempé, plus disposé à
affronter les périls de l'existence.
Notre raison nous prouve d'abord

la divinité de Jésus-Christ ; elle nous aide à démolir tout l'échafaudage de systèmes qui a été élevé contre la création du monde et contre la création de l'homme, telles qu'elles nous sont rapportées par l'Écriture sainte ; elle nous démontre le vide du système d'Épicure, la monstruosité du panthéisme, le peu de rigueur scientifique du transformisme et la nullité des générations spontanées. C'est encore la raison qui nous prouve l'existence de l'âme et qui met la théorie spiritualiste à la place du grossier matérialisme. C'est la raison enfin qui nous prouve l'immortalité de l'âme et qui nous apporte en même temps toute la consolation que l'on peut en tirer. Cette immortalité en effet est un grand bonheur pour le chrétien ; il sait qu'après sa mort il n'est pas seulement destiné, comme les animaux, à tomber en poussière, mais au contraire à recommencer une nouvelle vie qui, elle, ne finira jamais. Comme le dit très bien Fichte : « La mort est un commencement, la mort ne tue donc pas ; elle n'est que l'ouverture d'une vie nouvelle qui jusque-là était restée cachée derrière celle qui l'a précédée. Et tandis qu'ici-bas nous pleurons un homme, comme nous n'aurions que trop de raisons de le pleurer s'il devait être pour toujours privé de la lumière

du soleil, s'il devait aller s'égarant
au milieu de ces immenses solitudes
où n'existe plus la conscience de
soi-même, s'il devait êl e pour toujours plongé dans le sombre royaume
du néant, au-dessus de nous d'autres créatures se réjouissent de la
naissance de cet homme dans une
vie nouvelle, comme ici-bas nous
nous réjouissons de la naissance
d'un enfant. Je laisserai le deuil et
la tristesse à la terre que je quitterai
et ce jour entre tous les autres jours
sera le bienvenu de moi. » Cette
immortalité que notre foi nous
donné comme certaine et qui est
confirmée par notre raison est donc
pour nous-mêmes une cause de bon-

heur et une cause de consolation, lorsque nous perdons un des nôtres. Voilà quels avantages inappréciables nous retirons de notre intelligence, voilà le bonheur qu'elle peut nous procurer!

D'après ce que nous venons de dire, nous avons vu que la volonté et l'intelligence ne jouaient pas un rôle direct dans la création du bonheur; si essentielles au développement moral de l'homme, elles n'ont pas ce qu'il faut en elles-mêmes pour nous rendre heureux. Leur action, loin d'être un bonheur, nous est plutôt pénible; et il faut pour que nous soyons heureux que cette action soit terminée, que l'effet qui doit en résulter, soit arrivé à son complet épanouissement. La véritable source de bonheur pour l'homme, source qui ne tarit jamais, source qui à tous moments et à tout âge fait jaillir des eaux vives, des flots toujours aussi limpides et aussi purs, c'est la sensibilité. La sensibilité, voilà le bonheur; et ici, nous n'avons plus à faire les mêmes réserves que pour les deux autres facultés de notre âme, nous n'avons plus à chercher le bonheur après que son action a cessé; non, la sensibilité en agissant engendre le bonheur par cette action même; la sensibilité est une fin en elle-même et non pas un moyen; sensibilité et bonheur, voilà deux

mots inséparables ; il est impossible
de trouver l'un sans l'autre, comme
il impossible de voir la montagne
sans voir la vallée. Certes, il y a des
degrés dans la sensibilité, comme
dans l'intelligence et dans la volonté
et il y a même dans l'humanité toute
une moitié d'elle qui possède la sensibilité à un degré plus élevé que
l'autre : ce sont les femmes. Êtres
sensibles par excellence, les femmes
vibrent sous l'action de sentiments
auxquels nous sommes presque
étrangers ; la délicatesse de la sensibilité féminine cause à celles qui en
sont douées, un bonheur d'une éléva-
tion et d'une pureté que nous
sommes obligés d'admirer. Les hom-

mes sans doute sont capables eux aussi de sensibilité, mais, bien que ces mots ne soient pas faits pour aller ensemble, d'une sensibilité plus mâle, plus virile. La sensibilité qui chez certains hommes existe à un très haut degré est toujours tempérée par des qualités de force, d'énergie qui, il faut bien le reconnaître, font souvent défaut à la femme, plus disposée à écouter ses sentiments que sa raison. Quoi qu'il en soit, il faut bien nous pénétrer de cette idée que la sensibilité est le bonheur; et plus nous la laissons agir seule, plus nous nous abandonnons à elle, plus nous la débarrassons de tout ce qui peut entraver son action, plus le bonheur que nous en retirons est pur et propre à nous satisfaire.

En parlant ainsi de la sensibilité au point de vue du bonheur, nous avons dans l'idée l'amitié, l'amour et l'affection : ce sont des sentiments, lorsqu'ils sont désintéressés, lorsqu'ils sont affranchis de tout désir malsain, qui sont les plus propres à réjouir le cœur de l'homme, qui sont les plus élevés qui puissent se rencontrer sur la terre. Et ces sentiments ne se rencontrent pas seulement chez les individus instruits, pas seulement dans une certaine classe de la société, pas seulement à certaines périodes de l'existence, mais partout et en tout temps. Sans doute, il y a des degrés comme pour tout sentiment; et un esprit inculte ne comprendra pas l'amour et l'affection comme un esprit cultivé; mais cela n'empêche pas que ces sentiments existent chez lui et sont suffisants, dans leur application un peu rude, pour le satisfaire. De plus, à la différence de la volonté et de l'intelligence qui ne se rencontrent pas chez les jeunes enfants, qui se retrouvent très affaiblies chez le vieillard, la sensibilité existe à ces deux limites extrêmes. Si nous envisageons l'enfant, nous voyons que son seul bonheur réside dans son affection pour ses parents. Sans doute, le tout jeune enfant ne connaît que le bonheur purement physique, qui consiste uniquement dans la satisfaction des besoins qu'il éprouve. Si l'on remonte encore plus haut, on peut se demander si l'enfant simplement conçu, si l'embryon a la conscience et peut éprouver les sensations. C'est une question trop délicate et trop controversée pour que nous nous permettions de la résoudre d'une façon absolue; cependant, pour ma part, je ne vois pas pourquoi l'enfant dans le sein de sa mère, ayant le mouvement, n'aurait pas la conscience; conscience très vague, sans doute, très indéterminée, mais qui n'en serait pas moins la conscience. Mais sans nous attarder à

une question qui est loin d'être réso-
lue, il nous faut montrer que l'affection est chez l'enfant la seule source
de bonheur. Aussitôt qu'il est capable d'exprimer ses sentiments, il
adresse à sa mère son premier sourire en lui tendant les bras. La vue
d'une autre personne lui est désa-
gréable, l'épouvante parfois et lui
cause un chagrin bien vite dissipé.
Plus tard, lorsqu'il commence à marcher, et qu'il est parvenu à faire
quelques pas chancelants, il arrive,
fatigué d'une aussi longue course, se
jeter dans les bras de sa mère, tout
heureux d'avoir atteint le port sans
naufrage. Quel spectacle charmant
de voir l'enfant assis sur les genoux

de sa mère, les bras autour de son cou, répétant les noms de Dieu, de papa et de maman, que celle-ci commence à lui apprendre. Et dans les premières leçons de lecture et d'écriture, voyez comme il s'applique pour faire plaisir à ses parents, et pour obtenir le baiser que ceux-ci lui ont promis pour le récompenser de ses efforts : ce baiser est son seul désir, ce baiser le rendra heureux. C'est en mille circonstances que se manifeste l'affection de l'enfant pour ses parents, et pour sa mère en particulier. Cette affection est si pure, si affranchie de tout autre sentiment qu'elle est bien propre à réjouir le cœur le plus dur; et ainsi qu'une blanche colombe qui déploie son aile et s'envole vers les cieux, cette affection candide s'élève jusqu'au trône du Très-Haut et va réjouir les Séraphins dans les sphères éthérées.

Lorsque l'enfant a grandi et qu'il est devenu jeune homme, lorsque sa volonté et son intelligence se sont développées en même temps que sa sensibilité, le bonheur qu'il éprouve n'est plus le même, mais c'est toujours l'affection qui entraîne avec elle les seules véritables jouissances, que l'on puisse éprouver sur cette terre. Le jeune homme, maintenant qu'il est à même de comprendre, sent son affection pour ses parents croître de jour en jour. Ce n'est plus l'affection irraisonnée des premières années de sa vie ; ce n'est plus cette attraction invincible qui pousse l'enfant vers ses parents : c'est une affection raisonnée, qui, par le fait même, est plus grande encore : « Plus je vieillis et plus j'aime ma mère, me disait un jour quelqu'un. » Comme cette parole est belle et vraie ! Comme on sent là l'expression d'une idée pure, l'élan d'une âme de fils vers cette femme à qui il doit tout ! Il n'est pas de jours, en effet, dans la vie, où l'on ne découvre des bienfaits, dont nos parents nous ont comblés. Après nous avoir donné la vie, après nous avoir tirés du néant, où n'existe pas la conscience de soi-même, que de sacrifices n'ont-ils pas faits pendant notre enfance! Toujours près de notre berceau, aussitôt que la plus petite plainte s'arrachait de nos lèvres, ils ont passé bien des nuits, bien des jours, à veiller sur notre fragile existence. Plus tard, ils ont une tâche encore plus difficile à remplir! c'est d'inculquer à l'enfant de bons principes qui l'accompagneront pendant toute sa vie; les parents deviennent alors de véritables directeurs de conscience. Lorsque l'enfant est devenu jeune homme, les parents sont encore là pour lui donner une orientation et des conseils. Et ce dernier, fidèle aux traditions d'honneur de sa famille, marchera dans le monde la tête haute, toujours prêt à louer ses parents, toujours prêt à leur accorder toute la reconnaissance à laquelle ils ont droit. Non! un homme dans le cours de son existence, ne pourra jamais avoir assez d'affection pour ses parents; plus il leur en donnera de preuves, plus il sera louable et plus aussi il sera heureux, car cette affection, c'est son bonheur!

En outre, le jeune homme, dans le cours de son existence se fait des amis; ce sont la plupart du temps des jeunes gens qu'il a connus à l'école, au lycée, avec lesquels il a supporté les petits ennuis et les petites joies de la vie d'écolier, et qui restent pour lui des amis sincères et dévoués. Or ceux-ci sont bien rares ; bien des gens, en effet, sont vos amis ou prétendent l'être, parce que vous êtes dans une jolie situation, parce qu'ils espèrent pouvoir tirer quelque chose de vous, parce qu'ils pensent que vous pourrez les recommander ; lorsqu'ils voient que la fortune cesse de vous sourire, et que votre situation commence à changer, aussitôt ils s'éloignent de vous et il n'y en a quelquefois pas un qui vienne vous tendre une main charitable lorsque vous êtes dans l'embarras. Et cela justifie bien les vers d'Ovide : « Tant que tu seras heureux, tu compteras beaucoup d'amis ; Que le temps vienne à changer, que les nuages viennent à s'amonceler, aussitôt tu seras seul. » Ce ne sont pas de ces amis là que je veux parler ici; loin d'être pour nous une cause de bonheur, ils ne sont qu'une cause de désagréments, et le mieux est de n'en pas avoir. Mais heureusement tous ne sont pas comme cela; si les véritables amis sont rares, on en rencontre cependant quelques uns et une fois que des amitiés sincères sont formées, elles sont indissolubles. Très difficile est la question de savoir comment ces amitiés se créent; pourquoi l'on est attiré vers une personne plutôt que vers une autre. Et si l'on venait me demander pourquoi j'aime tel de mes amis, je répondrais avec Montaigne : parce que c'est lui, parce que c'est moi. Animé l'un vers l'autre de semblables sentiments, on éprouve à être ensemble un bonheur presque parfait. Mais c'est surtout lorsqu'on est séparé que l'on comprend mieux l'étendue du bonheur que l'on avait à être réuni. Quand l'on revient d'un long voyage, on est heureux de retrouver ses amis, de pouvoir leur faire part de ses impressions. Quand l'on se quitte, après avoir vécu ensemble pendant quelque temps, ce n'est qu'au moment même de la séparation que l'on pense à l'ennui que va vous causer ce départ. Avant, l'on n'y songeait même pas ; on ne pensait qu'à être heureux, et le coup qui vous frappe est d'autant plus violent qu'il est plus subit ; la blessure est d'autant plus vive qu'elle était moins attendue. Enfin, lorsque c'est la mort qui vous sépare, ce n'est plus de l'ennui, c'est une profonde douleur qui vous accable.

« De quelle douleur mon cœur fut-il affligé, écrit saint Augustin à la mort d'un ami ; tout ce que je voyais n'était que mort ; ma patrie m'était un supplice ; la maison paternelle me causait un incroyable ennui ; tout ce que j'avais partagé avec lui se tournait sans lui en torture ; partout mes yeux le cherchaient et ne le trou-

vaient pas ; je haïssais toutes choses,
parce que rien ne pouvait me le
rendre et me dire : le voilà, il va ve-
nir ; comme tout me le disait lorsqu'il était loin de moi. Je m'étais
devenu à moi-même un problème
insoluble, et je demandais à mon
âme : pourquoi te troubles-tu à ce
point? et elle ne savait pas me répondre ; et si je lui disais : espère en
Dieu, elle n'obéissait pas. Mes pleurs
seuls m'étaient doux et avaient suc-
cédé à mon ami dans les délices de
mon âme. » Voilà ce qu'est la véritable amitié ; voilà celle qui est propre
à nous donner le bonheur!

J'arrive maintenant à un sentiment plus élevé encore, sentiment

qu'on ne peut éprouver que pour une personne d'un autre sexe; je veux parler du sentiment de l'amour. Ce sentiment est inné chez tous les hommes : « En certain âge, en certain temps, écrit Descartes, l'homme se considère comme défectueux et comme la moitié d'un tout dont une personne de l'autre sexe doit faire l'autre moitié. » C'est grâce à ce sentiment que l'homme éprouve les joies les plus pures et les jouissances les plus intimes et les plus délicates. Si simple à première vue, si complexe lorsqu'on veut l'analyser, il se forme comme le sentiment d'amitié, on ne sait trop comment. Autour du noyau physique, gravitent bien d'au-

tres idées, dont la principale, dirai-
je avec Herbert Spencer, est le libre
accès dans l'individualité d'une autre
personne; avec autrui, en effet, on
est obligé de garder certaines réserves; dans le cas de l'amour, les
obstacles n'existent plus; les bar-
rières sont renversées et l'individualité de la personne que l'on aime
nous est largement ouverte. C'est
encore l'amour qui engendre les
douceurs de la vie de famille; c'est
de l'amour que l'enfant naît. Que
peut-il y avoir de plus beau, de plus
agréable pour l'homme que la vie
de famille? Il a d'abord l'avantage
immense de ne pas être seul et de
sentir auprès de lui une personne

qu'il aime. Cette personne, c'est sa vie, c'est son tout! Il vit par elle, il vit pour elle! Cette personne, il la comprend sans rien dire; il lit dans ses yeux, il lit dans son cœur. C'est elle qui est là pour supporter les mêmes joies, les mêmes peines; pour le rendre plus fort dans les circonstances pénibles de la vie, pour se réjouir au contraire avec lui dans les moments heureux! Combien la vie est moins rude, lorsque l'on peut ainsi s'appuyer l'un sur l'autre. Tous les hommes l'ont si bien compris que l'on retrouve cette vie de famille dans tous les temps et dans toutes les classes de la société. Le marin qui s'en va sur sa barque fragile affronter les colères de l'océan, pense à son intérieur, aux êtres chéris qu'il laisse sur la côte; et lorsque la saison est terminée, lorsque son frêle esquif a résisté victorieusement aux tempêtes des mers glaciales, il revient plein de joie se jeter dans les bras de sa femme, qui n'a cessé d'invoquer pour lui Notre-Dame des Flots. L'ouvrier, une fois son travail accompli, vient prendre place à la table de famille; c'est pour lui le bon moment de la journée. Et l'une des critiques les plus graves que l'on ait faites à la grande industrie est celle qui consiste à dire que la grande industrie arrache l'homme au foyer domestique! Chez les individus plus favorisés par la fortune, et qui en même temps ont reçu une instruction plus complète, la vie de famille est encore celle qu'ils recherchent le plus. Quelle existence, en effet, pour un homme riche que de vivre seul, sans pouvoir communiquer ses sentiments à personne ; sans pouvoir donner son affection à quelqu'un ; sans pouvoir aimer ! Semblable à un être incomplet, comme le dit Descartes, il erre à l'aventure sans tristese, mais aussi sans joie ; il change son existence en la pire des routines ; quelquefois même il tombe dans la dissipation ; son caractère s'aigrit, il se dégoûte de la vie, qui est pour lui d'une monotonie désespérante; rien ne l'intéresse, rien ne l'émeut; il devient incapable du plus petit effort; et enfin il quitte le monde sans savoir ce qu'est le bonheur, car il n'a pas su ce que c'était qu'aimer! Avec quelle facilité cependant il aurait écarté de lui ce dégoût de toutes choses! La fortune lui souriait, sa position était assurée; il n'avait qu'à se laisser aller à ce sentiment si noble de l'amour! Sa vie tout entière aurait pris une face nouvelle! Ayant auprès de lui quelqu'un qui l'aurait compris, pouvant se livrer tout entier à une personne qui aurait fait partie intégrante de lui-même, il aurait appris à voir les êtres et les

choses qui l'entouraient sous un jour
favorable ; il aurait pris goût à l'existence ; les choses qui auparavant lui
paraissaient fades et sans saveur,
seraient devenues agréables pour lui ;
peut-être se serait-il adonné à une
occupation. Et même, sans cela,
n'aurait-ce pas été faire un grand pas
que de partager son existence avec
autrui, que de faire taire en lui la
voix de l'égoïsme, que l'amour est
cependant si propre à étouffer en
nous? N'aurait-ce pas été faire preuve
d'intelligence en même temps que
de sensibilité, que de savoir aimer?

J'ai dit en outre que de l'amour
l'enfant naissait, et avec ce nouvel
être naissent d'autres sentiments :

d'abord les liens qui unissaient les parents se trouvent être resserrés encore par l'affection que chacun d'eux porte à l'être qu'ils ont créé, puis cette naissance engendre pour les parents des sentiments d'affection pour leur enfant. Qui pourrait donner une idée de ce qu'est l'amour d'une mère pour son fils? Qui aurait une plume assez délicate et en même temps assez énergique pour dire tout ce qu'il y a dans le cœur d'une mère? Avec quelle sollicitude les parents soignent ce petit être encore presque inconscient qui est sorti d'eux! Quels soins ne lui prodiguent-ils pas? Quelquefois la naissance d'un enfant est une lourde charge dans une famille.

Qu'importe? Les parents sauront se priver pour élever leur fils; ils sauront travailler davantage! Ils sont disposés à tout faire pour le rendre heureux! Et plus tard, lorsque l'enfant a grandi, ils suivent anxieusement les progrès de son intelligence. Ses joies, ses succès et aussi ses peines sont les leurs! ils sont fiers de lui; ils n'ont que son nom sur leurs lèvres! Ce fils, comme le dit l'Évangile, est leur seule joie, leur plus douce espérance; et s'ils venaient à en être privés, le bonheur serait perdu pour eux!

A côté de ces sentiments d'amour marital et d'amour filial, ressentis seulement par les personnes qui sont à même de les éprouver, c'est-à-dire qui sont mariées et qui ont des enfants, il est d'autres sentiments qui, eux, sont ressentis par tous sans distinction : je veux parler d'abord de l'amour de la patrie. Cette idée de patrie est comprise par tout le monde et cependant elle est assez difficile à définir. La patrie pour la plupart des gens, se confond avec le village et même avec le clocher de la petite église ; la patrie c'est la terre natale ; c'est la maison qui nous a vus naître ; c'est le champ dans lequel nous jouions, quand nous étions petits enfants, c'est la plaine, c'est la forêt dans lesquelles nous allions nous promener. Et l'on ne peut nier

qu'il y ait là des souvenirs char-
mants; mais je crois que c'est envisager la patrie sous une face trop
étroite et surtout trop concrète; la
patrie ne consiste même pas dans le
fait de parler la même langue, ni
d'avoir une histoire, une littéra-
ture. La patrie, dans son idée la
plus abstraite, réside dans la volonté d'être ensemble, de former un
de ces grands êtres collectifs, plus
forts et plus résistants que les êtres
individuels qui le composent. Quoi
qu'il en soit, cette idée de patrie
existe à un très haut degré chez tous
les hommes, excepté, il est vrai, chez
les gens assez méprisables que l'on
appelle des cosmopolites. Nous trou-

vons cette idée de patrie dans les temps les plus reculés de l'histoire; elle apparaît avec toute sa force chez les Grecs, chez les Romains. Jésus-Christ lui-même, qui considérait tous les hommes comme frères sans distinction, apercevant Jérusalem du Mont des Oliviers, pleure sur sa patrie, en songeant aux malheurs qui vont s'abattre sur elle. Cet amour de la patrie est un bonheur pour l'homme; il est heureux de vivre dans cette patrie, et jamais il ne consentirait à aller finir ses jours dans un autre pays. Il lui semble que son existence est intimement liée à ce sol qui l'a vu naître! Il le considère comme une partie de lui-même! Il

l'aime, ce sol, et du jour où l'ennemi s'aviserait d'y toucher, il saurait se battre, il saurait verser son
sang pour le défendre! C'est au re-
tour d'un voyage en pays étranger
que l'on ressent tout le bonheur que
l'on peut tirer de l'amour de la patrie. Aussitôt la frontière franchie,
on est tout joyeux; on se sent le
cœur léger et comme délivré d'un
poids qui l'oppressait; cette terre,
on la considère comme sienne; les
hommes que l'on rencontre, on les
regarde comme des amis, comme
des frères, et l'on ne peut s'empê-
cher de leur faire des signes ami-
caux, comme pour leur souhaiter la
bienvenue. Il y a cependant des

gens, comme je le disais tout à l'heure,
qui se prétendent citoyens du monde
entier : ils voudraient que les patries
n'existassent pas ; que la terre soit
l'unique patrie de tous les hommes.
Certes, il y a là un sentiment très
élevé, par suite de la fraternité qui
en résulterait. Pourquoi, en effet,
ces haines de peuple à peuple? Ces
luttes, ces guerres? Avec le cosmo-
politisme, toutes ces pratiques bar-
bares disparaîtraient. Mais en dehors
des difficultés matérielles, je crois
qu'il serait impossible d'étouffer chez
l'homme l'idée de patrie, idée qu'il
apporte avec lui en naissant, idée
que sa mère lui apprend à connaître
en le berçant sur ses genoux. Les

gens qui, actuellement, sont cosmopolites, le sont par intérêt; ils cher-
chent, avec cette idée, à démoraliser
les sociétés modernes. Mais heureusement le patriotisme tient trop au
cœur de l'homme pour qu'ils puissent réussir dans leur ignoble tâche;
et l'idée de patrie est encore une de
celles qui resteront debout le plus
longtemps et qui seront toujours
pour l'homme une cause de bonheur!

A côté de ce sentiment si noble,
nous en trouvons un autre, aussi
élevé que lui et à peu près univer-
sel; c'est l'amour du prochain. « Ai-
mez votre prochain comme vous-
même pour l'amour de Dieu, » a dit

l'Évangile. Jésus-Christ connaissant la nature égoïste de l'homme, a jugé bon, dans sa sagesse, de formuler ce principe pour rappeler l'homme à ses devoirs s'il venait à s'en écarter. L'homme, en effet, est quelquefois porté à n'écouter que lui, à se donner toutes les douceurs, sans s'occuper de ceux qui souffrent ; cela l'ennuie de donner des secours. ou bien il n'y pense pas. Nous devons, au contraire, appliquer la doctrine évangélique dans la mesure de nos ressources, car la charité est un des moyens les plus sûrs pour plaire à Dieu. Mais, outre cette raison qui serait suffisante pour nous faire appliquer ce principe, j'estime que l'amour du prochain est le moyen le plus efficace de prévenir la révolution sociale. Qu'on se porte par la pensée dans une masure où le vent et le froid entrent par de larges ouvertures ; il y a là une femme et des enfants grelottants, souffrant de la faim, malades parfois ; le mari travaille, mais son salaire est insuffisant pour nourrir sa famille. Et par la lucarne de leur misérable demeure, ces gens voient passer en voiture un homme riche, un homme comme eux, habillé de fourrures, qui possède une habitation somptueuse et bien chauffée ; et, si ces pauvres gens, réduits à la dernière extrémité, se résignent à mendier et

tendent à ce riche une main rougie
par le froid, ce dernier quelquefois
ne les regarde même pas. Étant données les imperfections de la nature
humaine, ces gens ne peuvent-ils pas
éprouver un sentiment de haine envers cet homme à qui la fortune sou-
rit, et qui ne pense pas à ceux qui
sont dans le besoin? Sans doute, je
n'excuse pas les gens qui se révol-
tent, mais j'oserais presque dire que
je les comprends. Il serait cependant
si facile aux riches de s'attirer l'affection des pauvres; il suffirait de ne
pas avoir l'air de les mépriser, de
leur faire voir qu'on s'intéresse à
eux, de leur faire du bien quand on
le peut. Dans ces conditions, jamais

les pauvres ne songeraient à se ré-
volter ; ils seraient au contraire ani-
més des meilleurs sentiments envers
leurs bienfaiteurs. Mais s'il faut faire
du bien, il y a encore manière de le
faire ; et l'on peut citer telle personne qui dépense beaucoup pour
les pauvres et qui, cependant, est
détestée par eux. Cela provient de
ce que cette personne ne sait pas
donner : il ne faut pas, en effet, jeter
des pièces d'or aux pauvres comme
l'on jetterait un morceau de viande
à une bête féroce ; la charité ne se
fait pas seulement avec de l'argent :
la charité consiste surtout à mettre
beaucoup de soi-même dans ce que
l'on fait ; à visiter soi-même les pau-

vres chez eux, à leur dire de bonnes paroles, à leur donner de bons conseils, à leur remonter le moral. C'est de cette manière que l'on fait le plus de bien ; c'est ainsi que l'on se fait aimer. Fort heureusement, les cas d'égoïsme absolu sont rares, et l'on peut citer un grand nombre d'exemples de dévouement et d'amour du prochain. Ce sont d'abord les personnes dans une condition aisée qui vont dans les mansardes porter des ressources et des consolations aux pauvres : aucune maladie, aucune misère ne les répugne ; au contraire, ils puisent dans ces visites une nouvelle force pour l'avenir ; ils acquièrent la qualité si précieuse de l'humilité. Un merveilleux exemple encore est celui de l'archevêque Affre, qui, dans les sanglantes journées de Juin, se présente seul sur le front des insurgés, sacrifiant son existence pour faire cesser l'horrible guerre civile. Ce sont ensuite les prêtres et les médecins qui, dans une épidémie, vont porter aux malades les soulagements spirituels et corporels. Ce sont les internes des hopitaux qui donnent froidement leur sang pour sauver un mourant : et avec ce sang qui coule dans ses veines, le malade retrouve une nouvelle source de vie. C'est encore le prêtre qui, sur les champs de bataille, au milieu de la mêlée, au péril de sa vie, s'en va porter l'absolution et l'espérance à ceux qui tombent sous les balles de l'ennemi! Voilà autant de cas qui sont à l'honneur de l'humanité. Mais l'on peut dire qu'après le sacrifice, on trouve le bonheur. Quand on a fait du bien à ses semblables, quand on les a soulagés, on est heureux de son action et l'affection que nous témoignent les pauvres suffit amplement pour nous récompenser de tous nos efforts. Quel bonheur on éprouve en effet lorsqu'une personne à qui l'on a rendu service vous serre la main avec effusion, en s'écriant : « Oh ! merci ! Je prierai bien pour vous ! » Rien n'est plus propre à réjouir le cœur de l'homme : en fréquentant les pauvres, on apprend à les aimer; c'est par la pratique de la charité que naît l'amour du prochain, et c'est dans l'amour du prochain que l'homme trouve une source de joie, un bonheur profond et durable!

Il me reste à parler d'un sentiment plus élevé encore que les précédents : de l'amour de Dieu. Toujours les hommes, par le plus simple raisonnement, ont admis qu'il existait un être supérieur à eux, qui était éternel et qui avait créé l'univers. Cela est si vrai, qu'à toute époque de l'histoire on retouve des traces de cette croyance : les Égyptiens sous leurs Pyramides, les

Athéniens sous leur Acropole, les
Romains sous leur Panthéon, tous
les peuples dans tous les temps et
dans tous les pays ont eu une religion. Pour nous, chrétiens, notre
amour pour Dieu s'exprime d'une
manière plus délicate que dans les
religions primitives : nous l'aimons
en accomplissant ses volontés. Nous
aimons Dieu parce qu'il nous a
aimés : Dieu a donné son Fils unique
pour la rédemption des hommes, et
Jésus-Christ, fils de Dieu, qui était
Dieu lui-même, a aimé les hommes
comme personne ne les a jamais
aimés, comme jamais personne ne
les aimera. Il leur a tracé une admirable règle de conduite qu'ils n'ont

qu'à suivre pour se sanctifier; il a
guéri les malades; il a ressuscité les
morts; et finalement il s'est soumis
lui-même aux plus cruelles souf-
frances par amour pour les hommes.
En présence de tels faits, il faudrait
une ingratitude poussée jusqu'à la
folie pour ne pas rendre à Dieu avec
nos faibles ressources une partie, si
minime qu'elle soit, de l'amour
qu'il nous a porté. Nous aimons
Dieu ensuite parce que nous lui devons tout : c'est lui qui nous a
donné l'être, qui nous a tirés du
néant; c'est lui qui nous a donné
notre âme et notre corps; sans lui,
nous ne serions rien; c'est lui surtout qui nous a donné la liberté.

Quelques auteurs pensent que cette idée de liberté est en contradiction avec la prescience et la toute-puissance divine. Du moment que Dieu prévoit tout, disent-ils, quels que soient les efforts que nous fassions, rien ne pourra arriver en dehors de ce que Dieu a prévu. Mais nous répondons qu'en parlant ainsi on connaît mal la nature divine. Dieu, en effet, n'est pas soumis comme nous aux notions d'espace et de temps. Dieu vit dans un éternel présent; les choses qui sont passées ou futures pour nous sont présentes pour Dieu : Dieu ne prévoit pas, il voit. Au point de vue de la toute-puissance divine, ces auteurs estiment

que si l'homme est libre, Dieu n'est
pas tout-puissant, qu'il s'est amoin-
dri en accordant à l'homme le libre
arbitre. Mais nous estimons qu'en
agissant ainsi Dieu s'est grandi en
diminuant. Et s'il fallait à toute
force admettre que Dieu ait diminué
sa puissance en créant l'homme libre, cette abdication consentie d'une
part de lui-même, d'une part de sa
toute-puissance en faveur d'êtres
sortis de lui, ce don fait par amour
aux êtres issus de ce même amour,
tout cela constituerait un amoindris-
sement métaphysique peut-être,
mais à coup sûr une supériorité morale, ce qui constitue un degré supérieur, un degré ineffable de per-

fection. D'ailleurs, la promesse faite par Dieu de récompense ou de punition dans la vie future est une preuve suffisante de la liberté : si une force irrésistible nous poussait dans le sens de la loi morale, cette loi n'aurait plus sa raison d'être ; si, au contraire, elle nous poussait dans l'autre sens, ce serait une injustice, ce serait une cruauté, et Dieu, qui est la justice même, ne peut admettre quelque chose d'injuste. Oui, puisque Dieu a tant fait pour nous, nous devons l'aimer sans restrictions ! Et, en aimant Dieu, nous aimons un être parfait, c'est-à-dire un être qui possède toutes les qualités : bonté, amour, beauté, pureté, sagesse, jus-

tice ; et tout cela au suprême degré.
Et c'est un bonheur pour l'homme
de pouvoir aimer la perfection. De
plus, si nous aimons Dieu, nous
cherchons à lui plaire et nous sommes amenés ainsi à pratiquer la vertu ;
cette pratique de la vertu sera pour
nous une source de bonheur relatif
et passager sur cette terre, et, dans
l'autre vie, une source de bonheur
absolu, parfait, éternel !

Voilà donc exposés sommaire-
ment les sources de bonheur pour
l'homme et les moyens par lesquels
il peut y parvenir. La source, où il
n'a qu'à puiser, la source qui coule
sans cesse, c'est la sensibilité ; les
moyens qui lui permettent d'attein-

dre le bonheur, ce sont l'intelligence et la volonté. Et cela est pour nous une occasion de relater le rôle très important que joue dans l'existence de l'homme la sensibilité. La plus grande place appartient au sentiment. Au lieu de décrire le monde, avec Schopenhauer, comme une volonté ou comme une représentation, il vaudrait mieux décrire le monde comme un sentiment. Au lieu de professer, avec M. de Hartman, la philosophie de l'inconscient, on professerait avec plus d'avantages et de raison la philosophie du conscient, qui, sous l'action de la volonté et de l'intelligence retrouve la sensation, et sous la sensation elle-

même le plaisir et la douleur. Quoiqu'il en soit de la place à faire au
sentiment dans l'existence humaine,
nous avons pu constater que le bonheur ne réside que dans les jouissances intellectuelles et morales. Si
nous obtenons le bonheur par notre
volonté, ce n'est qu'en voulant de
bonnes choses; si nous y arrivons
au moyen de notre intelligence, ce
n'est qu'en l'appliquant à faire le
bien; enfin si nous le trouvons dans
nos amitiés, dans nos affections,
dans notre amour, en un mot dans
notre sensibilité, c'est que ces sentiments, lorsqu'ils sont désintéressés,
sont les plus élevés que l'ho. me
puisse atteindre. Que de gens cepen-

dant s'imaginent trouver le bonheur dans les jouissances matérielles : l'un ira le chercher uniquement dans la fortune, dans le luxe, dans une vaine ostentation ; il s'en lassera bien vite, et ce qu'il croyait être son bonheur finira par le laisser absolument indifférent ; l'autre pensera le voir dans le plaisir des sens ; et au bout de quelques années, après quelques mécomptes éprouvés, il sera dégoûté de l'existence : n'ayant été en contact qu'avec des gens sensuels, il pensera que l'humanité tout entière est semblable à eux, et il lancera sur le monde un cri de haine et de malédiction. Non ! le bonheur n'est pas là ; comme nous l'avons déjà dit, il

faut le chercher dans la pratique de
la vertu : la vertu seule est belle,
d'elle seule on ne se lasse pas. Une
vie active, dans laquelle nous mettons en jeu pour le bien toutes les
facultés de notre âme : voilà le véritable bonheur!

Achevé d'imprimer

le huit décembre mil huit cent quatre-vingt-dix-huit

PAR

ALPHONSE LEMERRE

6, RUE DES BERGERS, 6

A PARIS

d. — 3225.

Documents manquants (pages, cahiers...)
NF Z 43-120-13